세종대왕 세수하세요

푸른사상 동시선 11

세종대왕 세수하세요

인쇄 2013년 11월 25일 | 발행 2013년 11월 30일

지은이 · 신현득
펴낸이 · 한봉숙
펴낸곳 · 푸른사상사
주간 · 맹문재 | 편집 · 지순이 | 교정 · 김재호, 김소영

등록 　 제2-2876호
주소 　 서울시 중구 충무로 29(초동) 아시아미디어타워 502호
대표전화 　 02) 2268-8706~7 | 팩시밀리 02) 2268-8708
이메일 　 prun21c@hanmail.net
홈페이지 　 www.prun21c.com

ⓒ 신현득, 2013

ISBN 979-11-308-0069-1 04810
ISBN 978-89-5640-859-0 04810 (세트)

값 9,900원

☞ 저자와의 합의에 의해 인지는 생략합니다.
　 이 책의 전부 또는 일부 내용을 재사용하려면 사전에 저작권자와 푸른사상사의
　 서면에 의한 동의를 받아야 합니다.
　 이 도서의 국립중앙도서관 출판시도서목록(CIP)은 서지정보유통지원시스템 홈페이지(http://
　 seoji.nl.go.kr)와 국가자료공동목록시스템(http://www.nl.go.kr/kolisnet)에서 이용하실 수 있습니
　 다.(CIP제어번호 : CIP2013024701)

푸른사상
동시선

11

세종대왕 세수하세요

신현득 동시집

푸른사상
PRUNSASANG

시인 할아버지의 동시 친구들

나는 시와 같이 사는, 할아버지예요. 여든 살이 넘은 할아버지죠. 시와 같이 잠자고 시와 같이 일어나, 시와 같이 걷고, 달리고, 같이 웃고 얘기하지요. 그러다가 시와 한몸 같은 친구가 됐어요.

시 친구에는 갈래가 여럿이죠. 그중에서도 내가 좋아하는 건 동시라는 친구들이에요. 동시 친구에도 별난 친구가 있죠. 화를 잘 내고 남을 꼬집는 친구, 세상 일이 못마땅해 찌푸리고 다니는 친구, 웃기는 말만 늘어놓는 친구, 될쏭말쏭 지껄이는 친구….

그중에서도 내 동시 친구는 얼굴이 밝고, 맘씨가 고와서 남을 잘 살피고, 성격이 싹싹하고, 활발하고, 재미나는 생각을 하고, 부지런하고, 정의감이 있는 친구예요. 이 한 권의 동시집은 이런 시 친구들 생각을 모은 거죠.

나는 할아버지이지만 내 동시 친구는 동심에서 살고 있어요. 일할 때 같이 일하고, 쉴 때 같이 쉬면서 시를 얘기하지요.

"요걸 요쪽에서 보면 시가 되겠는걸."

동시 친구가 하는 얘기에요. 세상에는 시의 글감 아닌 게 없대요.

"세상 모두가 시다."

그런 말을 하네요. 그걸 내 곁에서부터 차근차근 살펴볼까요?
이게 시를 찾는 작업이죠.

"여기도 시가 있네. 여기도 있네. 여기도…."

방울토마토, 고 작은 방울열매에 시가 있을 줄 몰랐죠. 꼭지를
따고 냠냠 먹는 방울토마토에요.

"맛있네. 빨간 방울 같지만 토마토 맛이네. 몇 개나 먹었지? 냠
냠냠…."

먹은 걸 셀 수는 없죠. 목 너머로 넘어간 걸 어떻게 세어요? 그
런데 동시 친구 말을 들어볼까요.

"따논 꼭지, 세어보면 알—지."

"맞다 그게 시네. 그게 시네. 방울토마토에 붙어 있는 시네."

감동을 하며 적은 게 이 시집, 첫머리의 동시 「방울토마토」에요.

절구방아에도, 흙을 뜨는 삽에도, 우산에도, 수박 껍질에도, 짝 잃은 장갑에도, 광화문 네거리에서 세수하시는 세종대왕의 모습에도 시가 있지요.

이렇게 씌어진 이들 동심의 시 44편을 모아 내 스물여덟 번째 동시집으로 하고 이름을 『세종대왕 세수하세요』로 했죠. 독자 여러분 재미있게 읽어주세요.

할아버지는 시 친구들과 같이 사는 게 기쁘고 행복해요. 참으로 그래요.

우리나라 4346년 상달에
신현득 할아버지

제1부 절구방아 콩다콩

| 차 례 |

제3부 자연 사랑 쉽네

| 차 례 |

제5부   세종대왕 세수하세요

마늘도 으깨고 고추도 빻지 콩다콩….

제1부
절구방아 콩다콩

방울토마토

파랑 꼭지 똑 따고,
입안으로 쏙—

빨간 방울 한 개,
입안으로 쏙—

딸기보다 작은
방울토마토.

작기는 하지만
토마토 맛이네.

몇 개나
먹었지?

떼어논
파란 꼭지
세어보렴.

황성민(전동초 2학년)

15

절구방아, 콩다콩

시골 부엌 앞
절구방아.

콩다콩,
볶은 콩을 빻는다.
고소한 냄새.

콩다콩,
볶은 깨도 빻는다.
고소한 냄새.

마늘도 으깨고
고추도 빻지
콩다콩….

큰 기계가 못하는
작은 일을
절구방아가

맡고 있다.

콩다콩
콩다콩….

탁영우(전동초 4학년)

병아리도 공부한다

봄병아리
"삐약 삐약…."
재잘대며 놀다가,

여름 중병아리 적부터
"끽끼루우!"
홰치는 공부.

―끽끼루우!
―끽끼루우!
하루에도 몇 번씩….

가을에 가서야, 겨우겨우
"꼭꼬오." 한 번.
됐다, 겨우 목이 트였네.

―꼭꼭 꼬오!
―꼭꼭 꼬오!
신나는 홰울음.

탁영우(전동초 4학년)

열매는 형제

형제가 많지만
열매 우리는
이름을 다 알고 있다.

앵두나무 앵두 형제.
자두나무 자두 형제.

형제가 많지만
이름 부르며
자주 자주 세어보는 걸.

대추나무 대추 형제.
고욤나무 고욤 형제.

형제는 닮은 모습.
형제는 같은 생각.

형제는
많은 게 좋아.
좋고 말고지.

들판 가득, 아이스크림

더운 나라 케냐에서
눈 구경하러 한국에 왔다.

"햐! 이게 눈이로군!"
하늘에서 내리는
얼음 가루네.

솔솔 뿌리네.
종일 뿌리네.
쌓이네.

사탕물 타면
한들판 가득 아이스크림이네.
온 산이 아이스크림이네.

더 얼리면 모두
아이스케키네.

경운기는 큰 일꾼

옛날에는 괭이로 밭을 쪼았다죠.
옛날에는 삽으로 흙을 팠다죠.
이젠 그만두세요, 하고
탈탈이 경운기가 나선다.

탈탈탈탈 소리 내며
괭이 일을, 삽 일을, 호미 일을,
모두 맡아 해치운다.

탈탈탈탈… 논밭 갈고,
탈탈탈탈… 고랑을 타고,
탈탈탈탈… 물길을 내고,
휘딱휘딱 해내는 큰 일꾼 경운기.

들에 갈 때, 들에서 올 땐
다리 아프시죠
올라타세요, 한다.
틸탈탈탈…, 이때는 자가용.

신경순

엄마 아빠 동창회

"이순희!"
"김용철!"
엄마 아빠, 초등 때 이름이 마구 불리네.

달리기 대장이었다는 사장님.
목소리 큰 쪽이 그분이다.
"노래는 이순희가 잘했어. 노래 한 곡……."
엄마가 일어서서
초등 때 '얼룩 송아지'를 부르네.

"그림이야, 자네가 아주 뛰어났었지."
머리 모양, 옷차림이 늘 이상한
화가 아저씨 얘기다.
"머리 좋기로는 김용철이었어."
아빠 얘기도 하시네.
어른들도 이때는 떠들썩, 초등학생이야.

강나리(삼승초 1학년)

꼬리가 나부끼네. 나무 꼬리.

제2부

몸을 바꾼 나무

시작은 한 삽

공사 시작하는
기공식에서
한 삽 흙을 뜬다.

깊은 지하
바위층에 쇠기둥을 박고

1층, 2층, 3층…
30, 50, 100층….

쳐다보면
구름이 와서 머무는 높이.
마천루도 시작은 한 삽.

수천 리를 달리는
고속도로도
시작은 한 삽.

수십억 톤 물을 담아두는
댐도

시작은 한 삽!

꽃삽으로 시작하는
우리 소꿉놀이도
시작은 한 삽.

정한겸(전동초 5학년)

몸을 바꾼 나무

하얀 종이.
나무가 몸이다.

나무를 펴놓고
공부하는군.
책상 위의 배움책.

나무 위에 글씨 쓰네.
한 권의 공책.

나무 위에 그림 그리네.
한 장의 도화지.

나무로 선물을 싸네.
한 장의 포장지.

날개 달린 나무네.
하늘을 나는 연.
꼬리가 나부끼네.
나무 꼬리.

신경순

마음의 크기

마음속에 산이 놓인다.
마음속에 들판이 놓인다.
산보다 들보다 더 큰 마음.

바다가 놓인다.
하늘이 놓이고
몇 만 광년 별나라가 놓인다.
마음보다 큰 게 없다.

그러나 실끝에도 마음이 가는걸.
실끝이 바늘귀를 지날 때,
마음이 거기를 지나가는걸.

현미경으로만 볼 수 있는
미크론*의 세계.
거기에도 마음이 놓이는걸.
마음보다 더 작은 게 있을까?

* 미크론—100분의 1 밀리미터.

내 몸은 자

책상 모서리는
손으로 재는 거야.
"세 뼘 반이네."

길다란 끈은 팔로 재는 거야.
"다섯 발이네."

나무 둘레도 팔로 잰다구,
"딱, 두 아름."

높이를 잴 때는
키를 자로 삼지.
"내 책꽂이는 한 길 세 뼘."

교실에서 교문까지는
발로 재지.
"3백 두 걸음이네."

손가락, 팔, 다리
키가 모두
자 하나씩이다.

노정민(삼숭중 1학년)

좋은 생각 손잡기

'도와주자'
'힘 모으자'
두 생각이 손잡았다.
좋은 일을 할 수 있겠네.

'생명 사랑'
'지구 사랑'
두 생각이 손잡았다.
큰일을 할 걸.

'희망'
'용기' 가
손잡았다.

'끈기'
'슬기' 가

모두 손잡았다.

그래야지
그래야지.

그것도 역사

옛날 애들에겐
장난감도, 인형도 없었다지.
여자애들은
베개를 업고 다녔대.
엄마 흉내로 자장가를 불렀다지.

귀엽다며
강아지도
업고 다녔대.

지금은
장난감도 인형도 흔하지만
인형을 업고 다니는 아이는 없지.
엄마들이
아가를 업지 않거든.

업는 대신,
아가를 유모차에 태우지.
강아지를 유모차에 태우기도 해.

강아지가
유모차 타는 시대.
그것도 역사야.

서로 고맙지

농부는
농부 먹을 곡식만
가꾸는 게 아냐.

어부가
자기 먹을 고기만
잡지는 않지.

가꾼 것 잡은 걸
나누어 주지, 세상에다 고루.
그래서 서로가 고맙지.

양말 공장 언니가
양말을 짜지만
언니가 신는 건 몇 켤레뿐.

연필 공장 아저씨가
만드는 연필.
자기는 그중에서 한 개를 쓰지.

신예원(전동초 4학년)

은혜 갚을 생각 말고 그대로 두는 게 갚는 일이야

은혜 갚을 생각 말고 그대로 두는 게 갚는 일이야

제3부
자연 사랑 쉽네

자연 사랑 쉽네

나무가 나를
사랑해준 만큼
공기가 나를
숨쉬게 해준 만큼

햇볕이 나를 따습게 해준 만큼
꽃이 나를 보고 웃어준 만큼
나도 자연 사랑으로 은혜를 갚아야지.

은혜 갚을 생각 말고
그대로 두는 게
갚는 일이야

자연 사랑
참 쉽네.

박지함(전동초 4학년)

내 생일이 장갑 생일

"영수야, 장갑 떠줄까?"
누나가 장갑을 뜨기 시작했지.

손바닥 먼저, 손가락은 나중에
한 짝을 먼저 뜨고
한 짝을 마저

엄지, 검지, 중지, 약지,
새끼손가락.
짠―!

이 날이 눈 오던 1월 7일.
내 생일에 맞춘, 내 장갑 생일.
새 장갑 끼고 눈부터 뭉쳤지.

눈사람 세 사람을 창밖에 세워두고
새 장갑 끼고
축하 케이크를 잘랐지.
짝짝짝! 내 생일이, 장갑 생일.

우리 누나
특별히, 특별히
고마워!

이승원(상곡초 3학년)

짝 잃은 장갑

나는 오른쪽, 너는 왼쪽
장갑 우리는, 날 때부터 짝이었다.

"내 손에 꼭 맞네, 예쁘네, 따습네."
민철이가 말했지.

"장갑은 잃기 쉽다. 잘 챙겨라."
그런데 민철이는 그게 아녔지.
엄마 말씀 귀 너머로 듣고
언제나 놀기에만 바빴어.

눈발 내리는 오늘, 우리 두 짝을 끼고
눈을 굴리다가, 눈사람 만들다가….
모닥불을 쬐면서 두 짝을 벗었지.

주머니에 넣은 것이 잘못이었어.
놀이에서 돌아오던 민철이가
발을 멈칫하더니 놀라는 목소리.

"어? 장갑 한 짝이 없네."

길을 되돌아가며,
길을 살폈지만 너는 없구나!
짝지야 있는 데서 소리쳐봐라!
왼쪽아, 너는 어딨니?

추울 때는 추워야 해

─한강 물이 얼었다!
살얼음 낄 때부터
한강이 뉴스에 오르더니
꽁꽁꽁 얼었단다,
20년 만의 강추위!

"추울 때는 추워야 해."
나는 썰매를,
아빠는 스케이트를 갖고
한강에 나갔다.

사람들이 바글바글,
사람들이 와글와글….

아빠는 스케이트
나는 썰매.
슥─슥─.
휙─휙─.
스케이트 썰매가 어울렸다,

한강 얼음판에서.

한강에 웃음이 가득하다.
추울 때는 추워야.

바퀴 달린 가게

아빠가 용달차에
붕어빵 가게를 차린 거야.

빵틀을 실었지.
몇 개 기구를 실었지.
가스통, 빵물 주전자를 챙겼지.

엄마도 빵 장사에
같이 나섰지,
운전기사 일은 아빠가 맡고.

"손님을 찾아가는 바퀴 달린 가게.
아침에는 배가 출출한 손님을 위해
정거장 앞에 가게를 댄다.
다음에는 일찍 문을 여는 시장 앞이 좋다.

점심때는 공원 입구.
맛맛으로 몇 마리씩 팔리지.
교대하는 아가씨들이 출출하겠지, 하며
해 질 녘에는 공장 앞에다 가게를 편다.

밤이면 진짜로 팔리는 시간.
붐비는 네거리가 좋은 목이다.
추운 날일수록 몰리는 손님.
엄마 아빠 손이, 아주 아주 바쁘다.

남겨둔 몇 마리 빵으로 요기를 하고
돌아오며 아빠 엄마는 그 생각뿐이래.
‘어떡하면 더 맛나는 붕어를 굽나?’

실끝만 잡으면

실뭉치에서
실끝이 어디 있나
찾는 게 문제다.

실끝만 잡고 보면
아무리 뒤엉킨 실뭉치라도
술술 술술, 쉽게 풀리지.

역사 공부
수학 공부가
모두 그래.

세상, 세상에서
뒤엉킨 문제들이
모두 그래.

묻어온 과자

뉴질랜드 다녀온 언니가
"이거 맛봐라."
 과자 세 개네.

"왜 요거야?"
"가방에 묻어왔다."

뉴질랜드 남섬에서 언니가
점심 대신 과자 한 봉지를 사 먹었단다.
묻어온 세 개.

"적다만 맛봐라"
그렇다면 귀한 거네.
남반구서 북반구로 지구 반 바퀴.
비행기로 꼬박 하루를 날았군.
비행기 삯이 얼만데, 그걸 쳐야지.

비싼 선물이네, 과자 세 개.

나는 엄마 딸

엄마는
나를 나를
나는
엄마를,

꼭꼭
안아봤죠.
포근해요,
엄마 품.

엄마는
우리 엄마
나는 나는
엄마 딸.

김단비(전동초 3학년)

내 흉을 봐야겠어

"밉네, 밉네.
 왜 저런 짓을 하지?"
남의 눈으로 보니 내 잘못이 또렷한걸.

내 걸음이 용식이 걸음걸이 같다야.
용식이 그 버릇 고쳤으면 했는데
내가 그렇군.

턱을 괴는 애를 흉봤지?
내가 그렇군.

밥 먹는 버릇,
잠버릇, 말버릇에도
고칠 게 많군.

내가
내 흉을 봐야겠어.

허리띠 졸라매고

"집을 가질 때까지, 우리
허리띠 졸라매자."
아빠 말씀이었지.

허리띠 졸라매어야.
아낄 수 있어.

아껴 먹고
아껴 써서
집을 이루고 난 다음에는
자랑이 이거야.
"허리띠 졸라매고 이룬 우리 집."

삼촌의 효도

“애야, 장가가거라. 그게 효도다.”
할머니가 삼촌을 조르셨지.
“마땅한 사람이 있어야죠.”
무뚝뚝하던 삼촌의 대답.

그러던 삼촌이 결혼을 한단다, 짠!
웨딩마치에 맞춰
신부와 손잡고 걷는다.
멋진 신랑 우리 삼촌, 싱글벙글이다.

하얀 드레스 예쁜 신부,
우리 숙모도 방긋 웃네.
짝짝 짝짝……,
둘러싼 축하객이 박수 박수다.

“허, 이놈이 효도 한번 하는구먼.”
젤 젤, 기뻐하는 이는
할아버지 할머니시다.

신경순

김치의 나라

김치 맛을 낼 줄 아는
우리 김칫독.
김치 맛을 낼 줄 아는
우리 소금.
그래서 우리는 김치의 나라

김치 맛을 알고 크는
우리 무, 우리 배추.
김치 맛을 알고 크는
우리 마늘, 우리 고추.
그래서 우리는 김치의 나라

엄마와, 이웃 엄마들이
맛 봐가며 담는 김치.
그래서 우리는 김치의 나라

61

모두 누구네 아빠

청소부 아저씨, 그도 누구네 아빠죠.
"애놈 키우고, 입히고, 먹이고,
 학교 보내는 보람에 살지."
아빠라면 누구나 그 말을 하죠.

운전기사도 누구네 아빠에요.
"애놈을 나보다는 우뚝하게 길러야지."
아빠라면 그 말을 해요.

철공장 직공도 누구네 아빠에요.
과수원 농부도 누구네 아빠.
장관 아저씨도 누구네 아빠죠.

장관 아빠가 번 돈이나,
기사 아빠 번 돈이나,
청소부 아빠 번 돈이나,
모두

애들 밑에 들어간대요.
아깝지 않네, 하죠.

자랑이 조롱조롱 우리 반 자랑나무.

제4부

우리 반 자랑나무

까만 띠 매고도

도장에서
까만 띠 매면 1단이다.

"이제부터 까만 띠야. 달라져야 해."
사범 선생님이 띠를 바꿔주며
이제부터 어른 노릇 하라신다.

아빠 엄마한테 자랑은 하고 싶은데,
어른 됐으니 군것질은 어쩌지?
'참을까?'

그러고 싶지 않다.
돌아가는 길에 빨간 띠들을 데리고
길가 붕어빵 가게에 들렀다.

붕어빵 사서 하나씩 돌리며.
"이거 까만 띠 턱이다."

박인철(상곡초 3학년)

꼬챙이 음식

꼬챙이
꽂아서 먹는 음식이
맛나지.

떡볶이든지
생선묵이든지

"애들아, 여기 와!"
지나는 동무
불러
하나씩 나눠주는
꼬챙이 음식.

학교서
돌아오는 길
촐촐한 배에

냠냠 냠냠,
맛날 수밖에.

오늘은
내 주머니가
인심썼다.

옷 갈아입기

옷 안 벗으면
매미 될 수 없다.

옷 안 벗으면
잠자리, 될 수 없지.

그래서
잠자리 아기도, 매미 아기도,
입던 옷 벗는다.
벗은 옷을
물줄기에다, 나무에 건다.

사람도 그렇지
여름 옷 갈아입지 않고
여름을 견딜 수 있나?

겨울 옷 갈아입어야
추위를 견딜 수 있지.

이런 말 해줬음

네가 나에게
이런 말 해줬음 해

"얘, 넌 모습이 멋지다."
아니면
"거짓말 아냐, 정말 멋져."

아니면,
"넌 웃음이 예쁘다.
 웃음소리까지 곱지."

그 위에 더
"거짓말 절대 절대 아냐,
 웃는 눈도 예뻐."

그러면 나도, 너에게
그냥은 있지 않을 걸.

신경순

내 마음 내가 달래기

알면서,
틀린 답에다 동그라밀 쳤어.
그래서 겨우 90점이야.
실수를 되씹으며 종일 속상하다.

이럴 땐,
모르면서 어쩌다 맞힌 답,
하나 있었음 좋겠어.

안 돼, 그건 안 되지.
모르면서 맞힌 답은 모르는 것.
알면서 못 맞힌 답은 아는 것이야.

세대차

수박 한 조각 들고 대강대강 먹으면
고모가 핀잔을 준다.
"수박 속을 왜 남기냐?"
고모의 수박 먹기는 빨강선까지다.

할머니는
빨강이 안 보이는 데까지 긁어 드신다.
"6 · 25 때는 이것도 양식이었지."
물에 씻어 껍질까지 먹었다, 하신다.

"수박 먹기에도 세대차가 있구나."
세대차?
할머니 말씀을 알아들었다.

우리 반 자랑나무

－내 자랑은 그림 솜씨다.
－내 자랑은 고운 목소리다.
－내 자랑은 예쁜 글씨다….

자랑 많은 우리 반
자랑을 모으자.

－내 자랑은 달리기.
－내 자랑은 높이뛰기.
－내 자랑은 공 던지기….

자랑 많은 우리 반.
자랑을 써서 달자,
교실 앞 나무에다.

자랑이
조롱조롱
우리 반 자랑나무.

위성진(상원초 2학년)

유월의 그림

유월
미술 시간,

유월의 그림은,
초록색만 가득
칠하면 된다.

들도 초록, 산도 초록
가로수도, 언덕도
초록, 초록, 초록….

초록빛 논밭에서
일하시는 아빠도
초록.

아빠 일을
거드는 나도
초록.

신경순

광화문 거리에 계시는 세종대왕은 거인이셔.

제5부
세종대왕 세수하세요

씨앗은

아기 손으로 심어도
흙만 덮으면 돼.
강아지 발로 심어도
흙만 잘 덮으면 되지.

씨앗은
'세 살배기가 심었는걸.'
'강아지가 심었는걸.'
그런 생각 않는다.

아기 심은 씨앗도
강아지 심은 씨앗도
줄기 벋고
가지 내며
우쭐우쭐 잘도 크네.

더 잘 크네.

김찬우(전동초 2학년)

가족 동창회

우리 마을 복판에
초롱 초등학교.

할아버지
할머니도
졸업생.

아빠도
엄마도
졸업생.

나도 오빠도
다니는 학교.
내년이면
동생도 입학한대요.

우리 식구
모두가
초롱 동창생.

냠냠 냠냠 아침 저녁때

둘러앉으면
초롱 초롱
가족 동창회!

나를 타이른다

나를 타이른다.

벗은 옷은
개어둬야 해.
알지?

아침에, 일어나
이불, 베개 치우기 싫다면
부지런한 나는 아니야.

놀다 와서
신을 벗어던져선 안 돼.
신은 간추려 두는 거야.

읽은 책을
제자리에 꽂지 않는다면 안 되지,
누군가 나 대신
흩어논 이걸 정리해야 되거든.

'아이 하기 싫어.'

숙제 앞에서 내가
이런 생각을 해선 안 돼.

선생님 꾸중 때문이 아냐
나를 좋게 생각하는
동무가 줄거든.

꿈은 정반대

뭉클!
지렁이를 밟았어.
팔뚝만 한 지렁이.

꿈이었지
꿈이 아니라면
그렇게 큰 지렁이는
없을걸.

"으이, 징그러!"
밥맛이 없을 정도였지.
몇 번이나 생각났지.

꿈 땜에
좋은 일은 없을 거다, 했지.
그런데 그날
수학 시험이 100점이었지.
얏호!

"너 백점이라며?"

삼촌이 아이스크림까지.

재수 한 보따리네.

어떤 아저씨

작업복 아저씨가
다정한 목소리로 물었다.
"몇 살이지? 나도 너 같은 아들이 있다."
"열 살이에요."
"우리 동수보다 한 살 적구나."

아들 동수는 열한 살, 3년을 못 봤단다.
"3년이나요?"
돈 벌어오겠다는 말 한 마디 남기고 집을 나온 아저씨다.
"돈은 버셨나요?"
"글쎄다, 조금."
아저씨는 짐을 메어다 트럭에 싣고 있었다.

오다가 뒤돌아봤다.
짐을 다 실은 아저씨가
그 트럭을 몰고 지나가고 있었다.
아저씨가, 내가 서로 손을 흔들었다.

언제쯤, 아저씨가 돈을 벌어

집으로 가실까?

동수라는 그 동무 만나고 싶다.

아빠의 설거지날

아빠가 고무장갑 끼시네.
엄마 돕기 설거지를 하시려나봐.

나도 거들까?
맞벌이 우리 집은
아빠 엄마가 같이 출근이지만
부엌일은 엄마 차지지.

그래도, 주말 첫날은 아빠의 설거지날.
그릇을 씻어 엎고,
솥을 닦고, 부뚜막 닦고

냉장고에 챙겨넣고
행주 씻어 걸고
강아지 밥 주고

화분에 물까지 주고 나면
아빠 설거지 끝이다,
짜자잔!

발끝이 시릴 텐데

눈 온 뒤, 냇물 꽁꽁, 오늘 아침에
짧은 치마 좋다던 누나도
바지를 꺼내 입었지, 무릎이 시리다며.

나는 양말을 껴 신었지,
발끝이 시려웠거든.
폭폭 입김이 났지.

그런데, 그런데도 길가 가로수는
발끝을 언 땅에 깊이 묻고
겨울 잠에 들어 있었지.

귀를 대보니
콜—콜—
코 고는 소리.

발끝이 시릴 텐데.
가로수는 그걸 참나봐.
참으면서 잠자나봐.

이지원(전동초 6학년)

오빠 공부는 디딤돌 놓기

취업시험 보고 온
오빠에게 물었지.
"시험에 될 것 같애?"

"실력의 키가 닿지 않았다."
"디딤돌을 놓지."
"그래야지."

그날부터 오빠는
밤샘 공부다.
오빠 공부는 디딤돌 놓기.

또 한 번, 실패다.
또 한 번, 미끄러졌다.
또, 미끄러졌다….

그러다가 드디어 합격!
야, 오빠 장하다.

디딤돌로 실력의 키가
합격에 닿았네.

세종대왕 세수하세요

광화문 거리에 계시는
세종대왕은 거인이셔.
그래도 1년에 한 번쯤은
세수를 하시거든.

많은 세숫물,
커다란 대야가 있어야 돼. 그런데
그렇게 큰 대야가 없거든.
어쩌지?

몇 대 소인국 차가 물을 싣고 왔지.
소인국 몇 사람이
사다리차 꼭대기에 올라

"대왕님, 세수하세요!" 하고
커다란 물뿌리개로
물을 뿌렸지.

"어 푸푸
  어 푸푸…"

대왕님 얼굴이

왕관이 곤룡포가 옥좌가
말끔히 씻겼지.

"고맙구나."

어?
세종대왕 목소리였어.

신경순